一本正經學唐詩

圖：馬仔

文：蒲葦

要學好中文，不能不讀唐詩

蒲葦

《一本正經學唐詩》是我和馬仔「一本正經」系列的第四本書。

從一般成語到歷史成語，從古文金句到六十首唐詩，由淺入深，層層遞進。中文的學習，終於從語文學習步進文學意境。身為作者，學好中文的理念得以落實，心情實在非常激動。

「熟讀唐詩三百首，不會吟時也會偷」，偷的，應該是唐代大詩人的智慧、優雅的文學意境，以及用之不盡的精煉金句。這個大門已經為同學打開了，我是導賞員蒲葦，畫圖的是著名漫畫家馬仔，歡迎你們。

這本書大致依詩人在唐代出現的次序，精選六十首常讀常用的詩篇，題材廣泛。每首詩皆化繁為簡，配上主旨、詩人故事，並嘗試以不同的演繹方式，增添閱讀趣味。

每首唐詩皆有金句，我們亦為金句的日常應用作出示範，希望帶出笑聲帶出親切感。

選篇幾乎包括中小學必讀的唐詩精品，我們深信定能培養同學的文學意識，進而提升寫作的能力。

一如以往，「一本正經」系列將繼續陪伴同學成長，一起學好中文。

目錄

詠鵝

駱賓王

鵝鵝鵝，曲項向天歌。
白毛浮綠水，紅掌撥清波。

老師解說：

此詩結合視覺、聽覺，描寫白天鵝的姿態，生動活潑，充滿童趣。

「初唐四傑」之一的駱賓王自小已顯露才華，詩作尤佳，鄉里皆譽為「神童」。

有一天，駱家來了個客人，他知道小才子聰明伶俐，一心便想出道難題考考他。剛好眼前見到一隻白色的大天鵝，客人說：「小才子，可以就眼前的天鵝作一首詩嗎？」

駱賓王眼珠一轉，當即吟道：「鵝鵝鵝，牠伸展彎曲的頸項，仰天唱歌，雪白的羽毛漂浮在碧綠的水面，紅色的腳掌就像船槳一樣撥動清波。」

鵝鵝鵝，曲項向天歌。

白毛浮綠水，紅掌撥清波。

客人大喜，摸摸駱賓王的頭，說：「小才子果然名不虛傳。」

金句應用：

有一次，爸爸帶我們一家人參觀中文大學的養德（duck）池。爸爸問姊姊：「你會怎樣形容鴨子？」姊姊說：「白毛浮綠水，紅掌撥清波。」媽媽忍不住說：「好像是形容鵝的？」爸爸卻頗感滿意，說：「你能活學活用，爸爸很高興。」

小馬不專業演繹：

送杜少府之任蜀州

王勃

城闕輔三秦，風煙望五津。
與君離別意，同是宦遊人。
海內存知己，天涯若比鄰。
無為在歧路，兒女共沾巾。

之：前往。　闕：音決，城上的樓台。

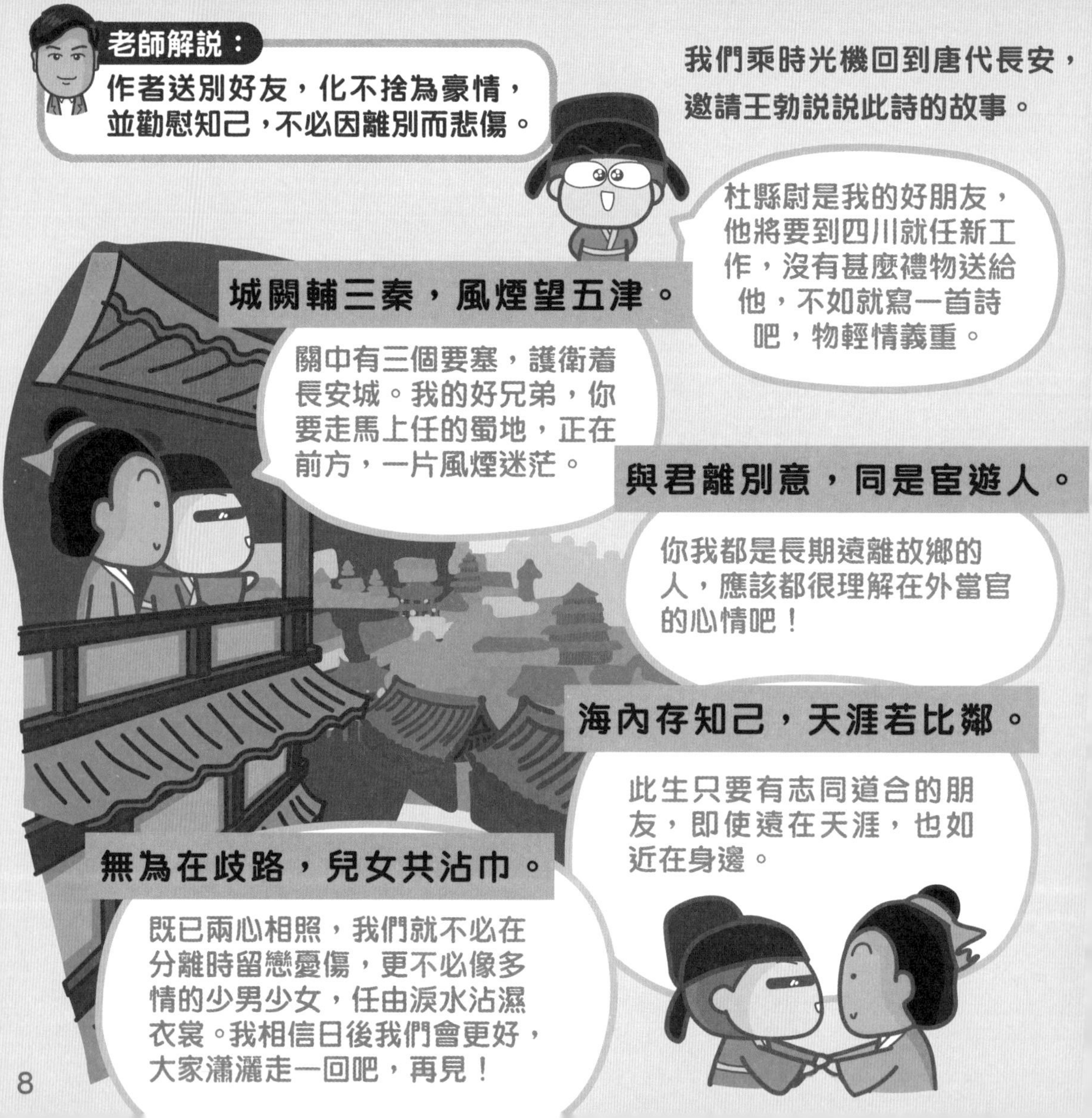

老師解說：
作者送別好友，化不捨為豪情，並勸慰知己，不必因離別而悲傷。
我們乘時光機回到唐代長安，邀請王勃說說此詩的故事。
杜縣尉是我的好朋友，他將要到四川就任新工作，沒有甚麼禮物送給他，不如就寫一首詩吧，物輕情義重。
城闕輔三秦，風煙望五津。
關中有三個要塞，護衛着長安城。我的好兄弟，你要走馬上任的蜀地，正在前方，一片風煙迷茫。
與君離別意，同是宦遊人。
你我都是長期遠離故鄉的人，應該都很理解在外當官的心情吧！
海內存知己，天涯若比鄰。
此生只要有志同道合的朋友，即使遠在天涯，也如近在身邊。
無為在歧路，兒女共沾巾。
既已兩心相照，我們就不必在分離時留戀憂傷，更不必像多情的少男少女，任由淚水沾濕衣裳。我相信日後我們會更好，大家瀟灑走一回吧，再見！

金句應用：

姊姊的同學將要往外國留學，全班同學都在心意卡寫上心聲。爸爸問：「你寫了甚麼？」姊姊說：「海內存知己，天涯若比鄰。」爸爸說：「我上年教你的，用得不錯。」姊姊說：「有三位同學都寫上這一句，準沒錯，我便跟隨了。」爸爸說：「來，多學幾句，就不會重複。」

小馬不專業演繹：

渡漢江

宋之問

嶺外音書斷，經冬復歷春。
近鄉情更怯，不敢問來人。

漢江：即漢水，屬長江支流。

老師解說：

一首久別故鄉，思鄉情切的詩。當詩人快能回家時，心情卻又忐忑不安，非常複雜。

唐代時，廣東一帶的嶺南是不少罪臣流放的地方，宋之問就是其中一個。

他被貶居嶺南，自此與家鄉的親人音信隔絕，過了一年又一年，經歷了冬天又經歷春天，他也漸漸麻木了。

嶺外音書斷，經冬復歷春。

有一天，他終於可以逃離被貶的地方。眼看只要渡過漢水，家鄉便越來越近。

宋之問自己也難以解釋。剛巧遇到有位從故鄉來的人，「還是不要問他家中的情況了，很怕會知道有甚麼不好的消息。」宋之問感到一顆心正卜卜地跳着。

近鄉情更怯，不敢問來人。

回家總是高興的，為甚麼我反而有點害怕，感到忐忑不安呢？

金句應用：

彩虹邨是爸爸成長的地方，他在那裏完成中小學。上星期天，他和我們重遊舊地。當他經過小學母校時，竟然有點緊張。他說：「近鄉情更怯，不敢問來人。」媽媽說：「當然不敢，因為學校的訓導主任一定認得你，哈哈。」

小馬不專業演繹：

登幽州台歌

陳子昂

前不見古人，後不見來者。
念天地之悠悠，獨愴然而涕下！

幽州台：故址在今北京。　愴：音創，悲傷。

老師解說：

詩人登上幽州台，極目遠眺，抒發懷才不遇、孤獨寂寞的情懷。

戰國時代，相傳燕昭王為廣納天下賢士，建成幽州台。到了唐代，樓台依舊，陳子昂登上後，觸景傷情，有感而發。

詩人頭兩句寫時間，後兩句寫空間。

他想，過去很多有才華的人，不是都能獲得重用嗎？為甚麼我陳子昂就一直懷才不遇？

前不見古人，後不見來者。

他很想有些作為，但得不到武則天的重用。

詩人感嘆自己生不逢時，深感無奈。於茫茫宇宙下，人是何其孤獨渺小！想到這裏，詩人不自禁地流下了兩行熱淚。

念天地之悠悠，獨愴然而涕下！

金句應用：

上星期六晚，弟弟與爸爸一起看歐霸決賽。最後，曼聯於互射十二碼環節，不幸被維拉利爾擊敗。一直是曼聯球迷的爸爸，眼有淚光，悲傷地說：「唉，念天地之悠悠，獨愴然而涕下！可惜啊！」弟弟看到這情況，也不敢再說甚麼了。

小馬不專業演繹：

回鄉偶書

賀知章

少小離家老大回，鄉音無改鬢毛衰。
兒童相見不相識，笑問客從何處來？

衰：音摧，指疏落。

老師解說：
詩人藉此詩表達對故鄉的思念和感情。

我們請賀知章說說自己的故事。

天寶三年（744），我八十六歲。回想五十多年前，為了到朝廷任職，離開故鄉，一直都沒有回去，實在無限感慨。如今我年老多病，也是時候告老還鄉，落葉歸根了。

感謝朝廷為我舉行盛大的餞別儀式，眾多的好友、同僚與我道別，令我非常感動。回到家鄉，景物好像沒有甚麼大變化，聽到那些親切的家鄉話，我還是能答得上口。

少小離家老大回，鄉音無改鬢毛衰。

我離鄉多年，
你自是不可能
認識我了。
伯伯，您是
從甚麼地方
來的？

兒童相見不相識，笑問客從何處來？

金句應用：

爸爸早上回小學母校探望老師，回來後媽媽問他：「重回母校，有甚麼感覺？」爸爸說：「兒童相見不相識，笑問客從何處來？我真的老了。」媽媽說：「我不想有這種感覺，所以我不打算回去了。」

小馬不專業演繹：

詠柳 賀知章

碧玉妝成一樹高，萬條垂下綠絲縧。
不知細葉誰裁出，二月春風似剪刀。

詠：歌頌、讚美之意。　絲縧：縧，音滔；即絲帶，形容柳枝。

老師解說：

這首詠物詩描寫春天的楊柳，其姿態令作者非常欣賞，間接亦表示對春天的讚賞。

碧玉妝成一樹高，萬條垂下綠絲縧

賀詩人，您這首詩充滿動感，富於形象，靈感是怎樣得來的？
二月的春風，就像一把剪刀，裁剪出美麗的柳枝條。
先生，您以剪刀比喻春風，真是很有想像力，佩服佩服。
不知細葉誰裁出，二月春風似剪刀。
只要看見眼前的柳樹，你就知道，嚴寒的冬天已經告辭了。青青綠綠的柳枝如碧玉一樣，隨風扭動身軀，亦像樹上掛了一條條綠色的絲帶。這種春天的打扮，真是恰到好處。我認為春風是最好的裁縫，細緻地拿起剪刀，將大自然修整得美麗極了。

金句應用：

上星期天，我們一家人往參觀花卉展覽。媽媽說：「百花盛放，人比花嬌。老公，你一定要幫我多拍幾張照片。」爸爸好像沒聽見，他一心只注意美麗的花海，說道：「二月春風似剪刀，美妙極了。」媽媽大聲說：「剪刀？不必了，快拿手機拍我吧。」

小馬不專業演繹：

登鸛鵲樓 王之渙

白日依山盡，黃河入海流。
欲窮千里目，更上一層樓。

鸛：音貫。　窮：窮盡。

老師解說：

詩人登高望遠，以「更上一層樓」為喻，希望鼓勵別人擴闊視野，建立遠大的志向。

鸛鵲樓位於山西省，在唐代是著名的遊覽勝地。當中有一位特別的遊人，只用了二十個字，就令鸛鵲樓大名遠播，這個人就是同樣來自山西的詩人王之渙。

鸛鵲樓高三層，可遠眺中條山，氣魄雄渾，亦可俯瞰黃河，不少詩人都在鸛鵲樓題詩留念，當中最為人津津樂道的，就只有這一首。

有一天，大概是傍晚時份，王之渙登上了鸛鵲樓，他放眼遠望，太陽依着山勢漸漸告退，黃河之水則不斷翻騰，滾滾向東流入大海。

白日依山盡，黃河入海流。

此時，詩人即景生情，有感而發。他借景物描寫，鼓勵人奮發向上，提升境界。

我應該再上一層，這樣就更加能放眼千里，把一切的景物都盡收眼底。

欲窮千里目，更上一層樓。

金句應用：

有一次，媽媽對爸爸說：「你不是常說欲窮千里目，更上一層樓嗎？這個樓盤不錯，我們就買下最高的一層吧！」爸爸說：「你說得對，我都想買，只是非不為也，實不能也。反正最重要的是意境，不如我們一家人到山頂看夜景？」

小馬不專業演繹：

春曉

孟浩然

春眠不覺曉，處處聞啼鳥。
夜來風雨聲，花落知多少？

老師解說：

詩人借此詩抒發惜春、惜花的情懷。

孟浩然是唐代著名的田園詩人。某年春天，他隱居於襄陽城（今湖北省）附近的鹿門山，閒時讀書，生活寫意。

春眠不覺曉，處處聞啼鳥。

他昨晚好夢正酣，不知不覺，忽然已是天明。他伸一伸懶腰，聽到周圍都有鳥兒歡樂的鳴叫聲，就像一首充滿朝氣的交響樂。此時風光明媚，大自然生機處處，他亦朝氣勃勃。

夜來風雨聲，花落知多少？

然而，昨夜風雨交加，又不知有多少美麗的花草、葉子被吹落、折斷，以致散滿一地。一個明亮的春天早上，地上卻是落花處處，令人生出憐惜之心。

詩人運用視覺、聽覺及聯想，表達春晨的美好。一夜春雨，卻同時令很多美好的事物消失殆盡。孟詩人惜春，也惜花，語短情長，用心良苦。

金句應用：

今天，爸爸獲頒授博士學位，親友都上前恭賀他。他說：「夜來風雨聲，花落知多少？這個學位真是得來不易！」爸爸眼有淚光，我立即遞上紙巾，並與他擁抱一下。

小馬不專業演繹：

過故人莊 孟浩然

故人具雞黍，邀我至田家。
綠樹村邊合，青山郭外斜。
開軒面場圃，把酒話桑麻。
待到重陽日，還來就菊花。

過：拜訪。　黍：音暑，黃米。

老師解說：
詩人應邀到一位農村的老朋友家中作客，二人把酒談心，帶出真摯的友誼。

這是田園詩人孟浩然難忘的一天，他獲得一位老朋友的熱情接待。老友是農人，特別為詩人的到來準備了一頓豐盛的農家菜，讓孟大詩人大飽口福。

到達農家之前，詩人先欣賞一下大自然美景。但見眼前綠樹環繞，遠處群山蒼翠，實在是遠離煩囂的好地方。

這裏只要打開窗戶，就能看到一片菜園，風景是不錯的。
故人具雞黍，邀我至田家。綠樹村邊合，青山郭外斜。

來，我們飲一杯。最近的收成怎樣？
不錯不錯。
等到重陽佳節，兄記得來飲菊花酒啊！
開軒面場圃，把酒話桑麻。待到重陽日，還來就菊花。

金句應用：

有一次，我們一家人到西安旅行，爸爸的西安朋友請我們吃了一頓豐盛的農家菜。臨別之際，他說：「待到重陽日，還來就菊花。歡迎你們下次再來。」爸爸笑說：「重陽節？等太久了吧，我們明天再來吃，哈哈哈。」接着，二人互道珍重，並擁抱了一下。

小馬不專業演繹：

九月九日憶山東兄弟

王維

獨在異鄉為異客，每逢佳節倍思親。
遙知兄弟登高處，遍插茱萸少一人。

茱萸：音朱如，是一種植物。

老師解說：

此詩寫親情。一個獨自在外地的人，於重陽節表達對家人及故鄉的思念。

詩題下有「時年十七」四字，指出此詩是王維十七歲時寫的。

重陽節是每年農曆的九月九日。相傳東漢之時，有一個人叫桓景，他得到高人指點，於九月九日，全家人帶上茱萸，並一起離家登高，飲菊花酒，結果避過大劫。到了唐代，重陽節獲得重視，成為家人團聚的節日，一些傳統習俗也流傳下來。

獨在異鄉為異客，每逢佳節倍思親

王維十七歲離家到長安應試，適逢重陽佳節，一人在外，思親懷鄉，倍添感觸。遙想家鄉的兄弟，在重陽一起登高，互相在對方頭上插上茱萸。王維心想：「這時候，你們一定會發現身邊少了我，也一樣在想念我吧。」

遙知兄弟登高處，遍插茱萸少一人。

金句應用：

農曆新年快到了，不少在城市工作的人都要趕回鄉過年，爸爸感嘆說：「每逢佳節倍思親！我們一家人團團圓圓，真幸福啊！」媽媽說：「是的，農曆新年倍思親，你還未包好給親友們的利是呢！」爸爸聽後，一臉無奈。

小馬不專業演繹：

山居秋暝

王維

空山新雨後，天氣晚來秋。
明月松間照，清泉石上流。
竹喧歸浣女，蓮動下漁舟。
隨意春芳歇，王孫自可留。

暝：音明。昏暗，指晚上。　浣：音碗，洗滌。

老師解說：

詩人借描寫山居秋暮之景，表達閒適情懷。

廣東人多以吉屋表示空屋，今次王維所說的空山，姑且亦可說成吉山，表示山上人跡罕至，較為偏僻。

王維隱居山中，一個秋晚，山中剛下了一場雨，一輪皎皎的明月從松樹間灑下清光，清清的泉水亦在山石上淙淙淌流。山中有一些純樸的居民，外人則甚少來訪。

一陣人聲劃破寧靜，竹林傳來洗衣姑娘黃昏歸家的聲音，同時盪下輕舟，令蓮葉輕擺搖動。這裏生活純樸，不慕繁華，即使貴族出身，也一定會留戀這個地方的。

空山新雨後，天氣晚來秋。
明月松間照，清泉石上流。

竹喧歸浣女，蓮動下漁舟。
隨意春芳歇，王孫自可留。

金句應用：

「這個樓盤靜中帶旺，靜的時候，明月松間照，清泉石上流，充滿詩情畫意」。電視正播放某樓盤廣告，媽媽説：「爸爸，買吧，有詩意，適合你。」爸爸説：「甚麼都好，就是價錢不好。我們還是吃完飯外出賞月吧。」然後，大家都低頭吃飯，沒再説甚麼了。

小馬不專業演繹：

竹里館

王維

獨坐幽篁裏，彈琴復長嘯。
深林人不知，明月來相照。

篁：竹林。　嘯：音笑，大概可解作「吹口哨」。

老師解說：

此詩描寫王維隱居輞川的閒適心情，自有境界。

唐代天寶年間，山水詩人王維先後於終南山及輞川（陝西藍田縣）隱居，逐漸不問政事，過着恬靜閒適的生活，倒也自得其樂。

你可以說我是一個人，也可以說我有伴，明月就是我的好朋友。
深林人不知，明月來相照。

琴音打破寧靜，明月相照，慰解了孤寂，這是我嚮往的境界。
獨坐幽篁裏，彈琴復長嘯。

竹里館在輞川別墅內。這一晚，在幽深的竹林裏，王維如常彈琴自娛，有時撮口大聲呼嘯，也不怕打擾別人。

金句應用：

爸爸問媽媽：「昨天下午，姊姊獨坐客廳裏，彈琴復長嘯，你看是否有點不對勁？」媽媽答：「不怕的，她剛考完大考，就讓她減減壓力。」

小馬不專業演繹：

辛夷塢　王維

木末芙蓉花，山中發紅萼。
澗戶寂無人，紛紛開且落。

塢：音滸（wu^2），指四面高、中間低的地方

老師解說：

美麗的芙蓉花在山中自開自落，沒人理會，寄寓詩人孤高、脫俗的情懷。

中年王維在他的輞川別墅過着半退休的生活。初春時候，有一天，他在山中辛夷塢發現樹梢端上的辛夷花，形如毛筆，開得正盛，如芙蓉花綻放出一片紫紅，美麗極了。

在這個無人理會的山澗，這麼美麗的花，一年四季，自己盛開又自行凋謝，可惜可惜。

花開花落，也是自然而然的事，山中無人，正好不受干擾。從花的角度來看，豈不更妙？

順其自然，不必執着及強求功名，我應該多謝芙蓉花，它為我上了寶貴的一課。

王維以輕鬆的步伐踏上歸途。

金句應用：

爸爸喜歡舞文弄墨，說的詩詞歌賦就像外星語言，媽媽常常勸他要更「貼地」。爸爸不以為然，他說：「我就像山中的好花，澗戶寂無人，紛紛開且落。能欣賞我的又有幾人？」姊姊笑說：「有，就我們這幾個。」

小馬不專業演繹：

相思 王維

紅豆生南國，春來發幾枝？
願君多采擷，此物最相思。

擷：音揭，摘取。

老師解說：

詩人借紅豆寄託相思之情。

紅豆另稱相思子，顏色鮮紅，人們常將它視為愛情信物，贈予心上人，以表思念。

傳說戰國時魏國有一女子，因思念行役的丈夫，積累成疾。她其後病故，墳墓上長出了一株相思樹，樹所結的果實就是相思子。

相思樹屬喬木，多見於南方。

詩人借此問題延伸情意，由物到人，就像與朋友閒聊一樣。

金句應用：

後天是爸爸媽媽結婚二十週年的日子，媽媽問爸爸：「你打算送我甚麼禮物？」爸爸故作幽默：「請你飲紅豆冰好嗎？願君多采擷，此物最相思。物輕情重。」媽媽怒說：「甚麼？」爸爸立即補充：「說笑而已，你上星期想買的手袋，已在運送途中。」

小馬不專業演繹：

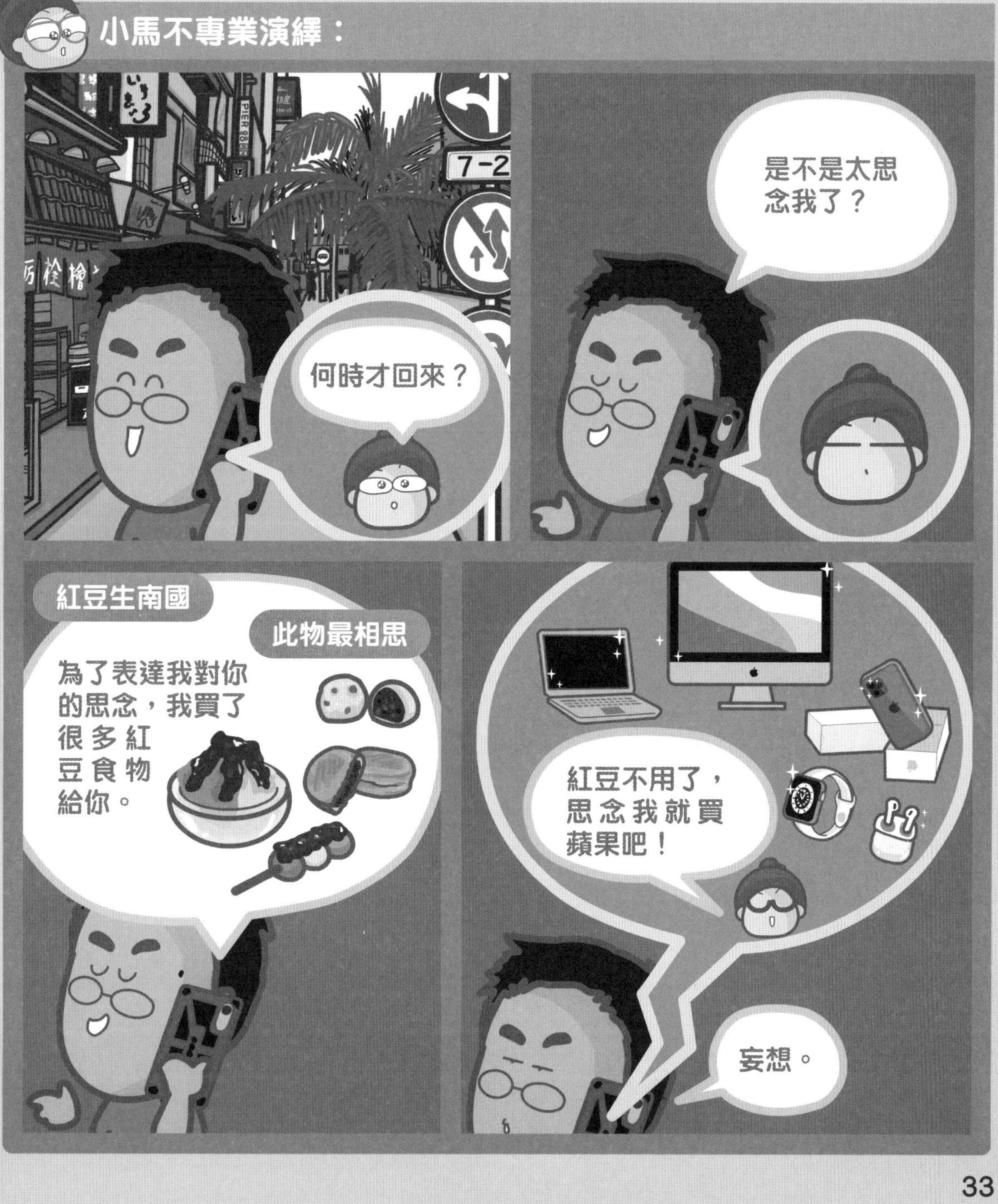

終南別業

王維

中歲頗好道，晚家南山陲。
興來每獨往，勝事空自知。
行到水窮處，坐看雲起時。
偶然值林叟，談笑無還期。

陲：音垂，邊界。　叟：音手，老人家。

老師解說：

詩人中晚年隱居山林，生活寫意，借此詩表達閒適之樂。

王維自四十歲之後，過着半退休的生活。「終南別業」，即王維的輞川別業（別墅），我們特意去找他做個訪問。

王詩人，你的中晚年都隱居於中南山的邊界，生活過得如何？
生活還是不錯的。我自中年開始，不喜歡官場，反而愛好佛理。有雅興的時候，我喜歡獨行，欣賞一下寫意的自然景色。當中的暢快、怡然，大概只有自己才能明白。
沒甚麼關係吧，如果走到水源的盡頭，前已無路，我便索性坐下來，換個角度，轉而欣賞雲霧升起。
生活隨遇而安，豈不更好？有時偶遇山林中的老人家，互相說說笑，聊聊天，快樂得很，大家甚至忘記歸去的時間呢！

金句應用：

有一次，小輝、馬仔、蒲葦三人飯後聊天。馬仔問：「蒲老師，想不到您會在同一學校任教二十多年，會一直教下去嗎？」蒲葦答：「不知道啊！行到水窮處，坐看雲起時。順其自然吧！」小輝說：「那我們也順其自然，多叫個甜品如何？」大家都舉手讚好。

小馬不專業演繹：

渭城曲 王維

渭城朝雨浥輕塵，客舍青青柳色新。
勸君更盡一杯酒，西出陽關無故人。

浥：音泣，潤濕。

老師解說：
詩人深情送別友人，雖依依難捨，仍不失灑脫。

此詩另題作「送元二使安西」。元二是王維的好友，他要出使安西，其中必須經過陽關。

唐代人們多在渭城送別親友。詩人先描寫送別的背景，柳樹象徵離別。

看，清晨時份，渭城下了一場小雨，潤濕了揚起的塵土。元二兄居住的旅舍，那些外面的柳樹，經過雨水的滋潤，頓時煥然一新，一片青翠，清新可喜。
於此細雨紛飛的黃昏時份，老朋友啊，我們還是趁共聚的時光，多喝一杯吧，不久你就要經過陽關，之後，不要說共飲，就連見一面也困難了。

金句應用：

公開試之後，文學班辦了一場謝師宴。席間，同學們都在紀念冊上留言，班代表的留言是「勸君更盡一杯酒，西出陽關無故人」。同學們看到後，氣氛有點傷感。此時，蒲葦老師說：「不會無故人的，大家網上見。更盡一杯汽水吧。」全桌又充滿了快樂的笑聲。

小馬不專業演繹：

雜詩

王維

君自故鄉來，應知故鄉事。
來日綺窗前，寒梅著花未？

老師解說：
詩人借詢問故鄉一株梅花的情況，表達對故鄉的思念。

離開故鄉的日子越久，思念故鄉之情越濃。

好不容易，這一天，終於遇上一位老鄉，王維喜出望外，立即追問家鄉的一切。

老鄉，您剛從故鄉來到這裏，一定知道故鄉的事，實在太好了。
老鄉，幸會。您家的梅花開得正盛呢！
您記得嗎？您來的時候，有沒有發覺我家窗戶前有一株梅花，不知花開了沒有？那個窗戶是雕了花紋的。
那就好了，謝謝您。

金句應用：

上星期天，我們和爺爺逛街，有位男士突然叫住爺爺。爺爺怔了一怔，大喜道：「原來是老鄉大水牛，您好嗎？君自故鄉來，應知故鄉事。我們讀的那間小學還在嗎？」大水牛拍拍爺爺的肩說：「學校仍在，更大了不少，沒想到我們這麼快就成為老校友了。」二人哈哈大笑。

小馬不專業演繹：

芙蓉樓送辛漸 王昌齡

寒雨連江夜入吳，平明送客楚山孤。
洛陽親友如相問，一片冰心在玉壺。

老師解說：

詩人要送別好友辛漸，依依不捨，同時借此表達自己不忘初心，堅持高潔的情操。

芙蓉樓原名西北樓，位於江蘇，可眺望長江。

王昌齡雖以邊塞詩聞名，但仕途一直不太如意。這一天，他在江邊準備送別好朋友辛漸。臨別前，他向辛漸傾訴心事：

王兄，放心，後會有期，保重。
辛漸強忍不捨。
辛兄，昨晚天氣寒冷，雨亦驟然來到，我們能暢飲歡聚，實在難得。想到就要與你分別，我可真不捨。眼前的山雖然壯麗，還是不免孤獨啊！
臨別依依，如果您去到洛陽，有當地的親友問起我，請您代我致意。希望他們放心，我仍然玉潔冰清，不忘初心，我會一直堅持高潔的情操。

金句應用：

媽媽對爸爸説：「今早偶遇你的中學同學，他說十多年沒見你了。」爸爸回說：「洛陽親友如相問，一片冰心在玉壺。」媽媽皺起眉頭，問：「你在洛陽仍有親友？」爸爸一雙眼睛望向遠處，認真地說：「不是。其實重點在最後一句，我仍然玉潔冰清。」媽媽聽到後，悄悄地走開了。

小馬不專業演繹：

早發白帝城

李白

朝辭白帝彩雲間，千里江陵一日還。
兩岸猿聲啼不住，輕舟已過萬重山。

早發：即早上出發、啟程，與詩文「朝辭」相呼應。

老師解說：

此詩表達詩人獲赦免流放時的喜悅，象徵克服重重難關，終於抵達理想的地方。

李先生，你寫這首詩的時候，心情輕快，可以說說原因嗎？
好吧。我一生多受政治牽連。今次發生於安史之亂初期，大概是 758 年，我晚年受永王李麟事件所累，一直被流放。直到抵達白帝城（今四川省），才接獲皇帝頒下的赦令。沉冤得雪，我實在喜出望外。
是的，可能我心情好，覺得很快就到了。我歸心似箭，經過三峽，夾岸那些猿猴的叫聲，不絕於耳，頗覺驚心。但我也管不得那麼多了，懷着輕快的心情，就當猿猴在送別我吧，我的小舟順流而下，很快已經越過重重高山，平安抵達江陵。
從白帝城到江陵（今湖北），一天就可以到達？

金句應用：

爸爸童年生活艱苦，很早就要過半工讀的日子。姊姊問他：「爸爸，您以前的暑假，去哪裏旅行？」爸爸沉思一會，說：「不消提了，輕舟已過萬重山。有了你們，我便一切都好。」爸爸繼續沉思。

小馬不專業演繹：

清平調（其一） 李白

雲想衣裳花想容，春風拂檻露華濃。
若非群玉山頭見，會向瑤台月下逢。

檻：音艦，一般指欄杆。

老師解説：
詩人以牡丹花為喻，讚美楊貴妃的美貌。

春風輕拂，正是牡丹花盛開的日子。唐玄宗與他的愛妃楊貴妃把酒賞花，旁邊亦有樂官李龜年等人演唱助興。

眾人好不容易才找來李白，此時楊貴妃正跳着霓裳羽衣舞，李白就地取材，立即寫下一首讚美楊貴妃的詩。

大家看，貴妃的衣裳美得令人想起雲彩，且貌美如花，就如美麗的牡丹在晶瑩的露水中顯得份外嬌艷，簡直完美。大概只有仙女居住的群玉山頭，又或是月夜仙女的宮殿，才有機會遇見。

李白一揮立就，此詩渾然天成。大才子把楊貴妃喻為仙女下凡，貴妃自然喜上眉梢。

金句應用：

有一次，爸媽要出席宴會，媽媽打扮得花枝招展，她問爸爸：「才子，你會怎樣形容我這身打扮？」爸爸不用思索，說：「雲想衣裳花想容，春風拂檻露華濃。很好，李白也是這樣形容楊貴妃。」姊姊在旁邊說道：「據說楊貴妃是很肥的。」媽媽怒說：「我給你機會再說一次！」

小馬不專業演繹：

望廬山瀑布

李白

日照香爐生紫煙，遙看瀑布挂前川。
飛流直下三千尺，疑是銀河落九天。

廬山：位於江西。　看：音刊。　挂：相通「掛」。

老師解說：
詩人想像豐富，用誇飾手法描寫廬山瀑布的景色，富於形象。

李白很喜歡廬山，曾多次遊覽，並寫詩留念。廬山觀瀑布，景色壯麗，是勝景之一。這一次，盡顯李白的創意。

廬山的東南面是香爐峰，陽光映照下，山上的雲霧就像紫煙繚繞，如夢如幻，有若仙境。詩人遠望那像布疋掛在山前的瀑布，嘩啦嘩啦，氣勢震撼。

要怎樣形容眼前的瀑布呢？

為了令人留下深刻印象，李白決定運用誇飾手法。看啊，那瀑布的氣勢，就像從三千尺的高空飛流直下，甚至令人疑惑，這根本就像天上的銀河直接傾瀉落來啊！

金句應用：

今天整天大雨滂沱，正在上中五中國文學課的蒲葦老師問同學：「你們會怎樣形容窗外的大雨？」有小才子之稱的科代表搶着答：「飛流直下三千尺，疑是銀河落九天。」蒲葦老師讚賞道：「很好，活學活用，加分。加你印象分。」言畢，全班鼓掌。

小馬不專業演繹：

靜夜思

李白

床前明月光，疑是地上霜。
舉頭望明月，低頭思故鄉。

老師解說：
李白於客途中望月思鄉，流露對故鄉純樸真摯的感情。

李白少年時居於四川，過了一段頗長的日子。直到二十六歲，李白便開始四處漫遊，故不時思念故鄉。

某個秋夜，李白看見明亮的月光灑在床前，映照之下，好像地上也凝結了一層銀霜。他有些疑惑，自然想到要細看究竟。

床前明月光，疑是地上霜。

他再次抬起頭來，看見窗外的一輪明月，忽然有所觸動。然後他低頭沉思，不期然想起遠方的家鄉。

其實看的都是同一個月亮，不知家鄉的人還好嗎？

舉頭望明月，低頭思故鄉。

金句應用：

中秋節晚上，我們一家人到公園賞月。明月當空，爺爺忽然有些感觸，他說：「舉頭望明月，低頭思故鄉，不知家鄉的親友此刻是不是也在賞月？」姊姊說：「他們可能在吃月餅。爺爺，你也吃一個吧！」爺爺說：「姊姊真乖！」

小馬不專業演繹：

獨坐敬亭山

李白

眾鳥高飛盡，孤雲獨去閒。
相看兩不厭，只有敬亭山。

敬亭山：位於安徽宣城，山上有座敬亭。

老師解說：
詩人將自己的孤獨感和懷才不遇投射到敬亭山，將之人格化，並從大自然的美景中得到安慰。

眾鳥高飛盡，孤雲獨去閒。
相看兩不厭，只有敬亭山
李先生，這首詩寫您既孤獨又寂寞，是真的嗎？您又會如何排遣孤獨？
你看這景象多美？鳥兒高飛，一直到天邊才消失。天上飄着的那一片雲，也孤獨地飄去了。最後就只剩下我和敬亭山。
真的，沒人理解我，我也感到懷才不遇。幸好有敬亭山，為我帶來不少安慰。敬亭山風景優美，我看着它，它也看着我，好像能聽懂我的心事。
我們互相欣賞，彼此看着對方，無論看多久，也不滿足。能有敬亭山為伴，這感覺真好。
李先生，您的境界真高！

金句應用：

爸爸常常相約三兩知己去遠足、行山，媽媽覺得太辛苦，一直沒有同行。爸爸說：「行山的樂趣太多了，相看兩不厭，只有敬亭山，我明天又去親近大自然了。」媽媽說：「你當然不厭，留下的家務可就討厭了！」爸爸不敢把話題接下去了。

小馬不專業演繹：

送友人

李白

青山橫北郭，白水繞東城。
此地一為別，孤蓬萬里征。
浮雲遊子意，落日故人情。
揮手自茲去，蕭蕭班馬鳴。

老師解說：

詩人描寫送別友人之情景，表達不捨之情。

知心好友，無論將往何方，都可以彼此祝福，時常聯繫。

這一天，李白與好友騎馬走到城外，此時視野開闊，連綿的青山橫亙城北，遠處的白水繞向城東。

青山橫北郭，白水繞東城。
此地一為別，孤蓬萬里征。
今天天朗氣清，只可惜我們不是郊遊，而是作別，你今後就好似蓬草，要孤身走遠方了。看，天上的白雲像遊子飄飛，夕陽徐徐落下。
想起舊日情懷，我真是捨不得你。你聽聽，兩隻將要離別的馬都在依依不捨地嗚叫。
大家珍重！
李兄，謝謝您的心意。所謂送君千里，終須揮手道別，我們就在此道別吧，祝君一切順利。
浮雲遊子意，落日故人情。
揮手自茲去，蕭蕭班馬鳴。

金句應用：

今天是中六同學回校的最後一天，蒲葦老師與文學班學生依依不捨，他陪幾個學生走到校門，說：「揮手自茲去，蕭蕭班馬鳴。祝你們鵬程萬里，記得有空時回來探我啊！」班代表陳大文說：「老師，放心，我們不會忘記您的教導，我們會將文學發揚光大。」

小馬不專業演繹：

贈汪倫

李白

李白乘舟將欲行，忽聞岸上踏歌聲。
桃花潭水深千尺，不及汪倫送我情。

老師解說：

這首詩是李白送給汪倫的贈別詩，表達彼此深厚的情誼。

我知道李先生一向喜歡遊歷，我的家鄉有十里桃花，歡迎您來參觀。
十里

大詩人今次被騙了。

汪倫非常仰慕李白的詩才，很想與他結交。有一次，他寫信給李白，邀請他到家鄉作客。

李白好不容易到了汪倫的家鄉，發現有點不對勁。

就是這裏，這個潭沒有桃花，不過叫桃花潭，方圓十里。沒騙您，哈哈。
汪兄，桃花呢？

李白哭笑不得，索性在汪倫家鄉住幾天。沒料到，村民對他很熱情，他亦飽覽了當地的其他勝景。

到了李白要離開的時候，汪倫設宴餞別，村民在岸上踏步唱歌送行，使他非常感動。然後，二人抱抱作別。

桃花潭即使再深，都不及汪倫給我的情意啊！

李白乘舟將欲行，忽聞岸上踏歌聲。

桃花潭水深千尺，不及汪倫送我情。

金句應用：

美儀是姊姊的同學，將要往外國升學，同學們都在心意卡寫上祝福。今天中文課的時候，班長把心意卡送給美儀。「你有甚麼話想跟同學說？」蒲老師問。美儀忍住淚水，說：「桃花潭水深千尺，不及汪倫送我情。」蒲老師很滿意，說：「美儀同學還真能活學活用！」

小馬不專業演繹：

別董大 高適

千里黃雲白日曛，北風吹雁雪紛紛。
莫愁前路無知己，天下誰人不識君？

曛：音分，夕陽西下時的餘光。

老師解說：

作者借此贈別詩鼓勵好友董大，寄語他不要灰心，日後必有成就。

唐代天寶年間，吏部尚書房琯（音管）因事被貶出朝，他有一個門客，叫董庭蘭，因在兄弟中排第一，故又稱「董大」。

董大是著名琴師，因此事亦被迫離開長安。高適是董大的好友，當時同樣鬱鬱不得志，生活落泊。

千里黃雲白日曛，北風吹雁雪紛紛。

有一次，他們久別重逢，可惜稍聚一會便要各散東西。此時此刻，北方冬日蒼茫，北風狂嘯，大雪紛飛，遊子臨別之際難免淒酸愁苦。

莫愁前路無知己，天下誰人不識君？

為了朋友，自顧不暇的高適仍變身暖男。

金句應用：

有一天，陳叔叔到家中找爸爸，一臉愁容，原來是他上司忌才，不給他發揮機會。爸爸鼓勵他說：「莫愁前路無知己，天下誰人不識君？」陳叔叔眼有淚光，說：「謝謝鼓勵，如果你是我的上司就好了！」

小馬不專業演繹：

聽彈琴 劉長卿

泠泠七弦上，靜聽松風寒。
古調雖自愛，今人多不彈。

泠：音玲，形容琴音清悅。

老師解說：
琴聲雖美，但無人看重。詩人託物言志，借此嘆息知音難求。

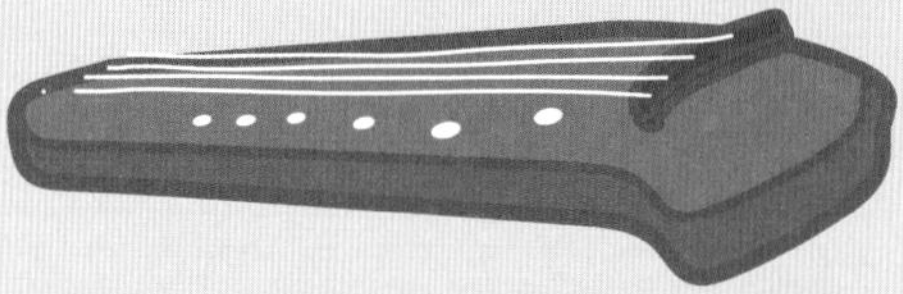

七弦琴，由七條弦組成，亦稱為「古琴」。
詩人首先從琴音說起。

琴聲泠泠，孤高清悅，彷彿風入松林，益顯不凡。這個時候，最宜靜心傾聽，曲調起伏悠揚，令人陶醉。

泠泠七弦上，靜聽松風寒。

聽到如此古雅的琴音，對比當時流行的新聲，劉長卿不禁嘆息……

我很喜歡過往的曲調，可惜今人大多不去彈奏了。

古調雖自愛，今人多不彈。

他語帶雙關，好像在說他就像古琴一樣，孤高，不隨波逐流，懂得欣賞的人，未免太少了吧！劉長卿很有才華，但幾度被貶，這首詩可說是他的寫照。

金句應用：

上星期天，蒲葦在街上偶遇一位中學同學，聊了幾句。同學説：「聽説你和馬仔的《一本正經學古文》很暢銷，甚麼時候請我吃飯？」蒲葦説：「只能説尚好而已。古調雖自愛，今人多不彈，希望會有更多人欣賞。」同學笑説：「一定有人欣賞的。這樣吧，下次我請。」

小馬不專業演繹：

金縷衣

杜秋娘

勸君莫惜金縷衣，勸君惜取少年時！
花開堪折直須折，莫待無花空折枝。

縷：音女。金縷衣，指用金絲線織成的衣服，最為華麗。

老師解說：

此詩勸人珍惜時間，把握機會。

歷史對杜秋娘（本名杜秋）記載不多，其生卒年亦不詳。著名詩人杜牧作了一首《杜秋娘詩》並序，描寫她在宴席上唱《金縷衣》的情況，並述說她的故事。杜秋娘長年在宮中，曾為皇子褓姆，後來離宮回家，晚景淒涼，杜牧對此頗為感嘆。

這是一首能合樂歌唱的哲理詩，詩人借金縷衣說道理，即使是最華麗的衣服，也可以再做一件。但美好的少年時光則不然，去了就不會復返。

年輕時就應要好好善用時間，不要只掛心華麗衣服……

勸君莫惜金縷衣，勸君惜取少年時！

花漂亮的時候就要折了，要不然凋謝後只剩樹枝了。

就好像美好的花朵，盛開之時，就應及時採摘。不要待過了最好的時間，才後悔錯過了機會。正如少年是一生最美好的時光，詩人好言提醒我們：一定要好好珍惜啊！

花開堪折直須折，莫待無花空折枝。

金句應用：

姊姊問媽媽：「爸爸當年是怎樣追求您的？」媽媽說：「他甚麼都沒做，只會寫詩。」姊姊再問：「他說甚麼？」旁邊的爸爸搶着說：「我記得，我寫花開堪折直須折，莫待無花空折枝！勸她珍惜機會，否則就會錯過我。哈哈。」媽媽白了他一眼，也沒再說甚麼了。

小馬不專業演繹：

勸學 顏真卿

三更燈火五更雞，正是男兒讀書時。
黑髮不知勤學早，白首方悔讀書遲。

老師解說：
此詩勉勵青少年珍惜時光，勤奮學習。

「更」是計算時間的單位，古時一夜共分五更，每更兩小時。三更是指午夜十一時到一時。五更雞，即天快亮時，雞便會啼叫。

不論是三更或五更，我們總是想多睡一會。

但書法家、文學家顏真卿提醒我們，時間一去不復返，必須好好把握年輕的時光，加緊學習，不然，到年老一事無成時，就會後悔莫及。

「請大家一定要勤力學習，並收起遊戲機。」耳邊彷彿傳來顏真卿語重心長的叮嚀。

編者認為，努力是對的，但為健康着想，早睡早起，似乎更佳。

顏真卿三歲喪父，加上家道中落，他格外努力，二十五歲便得中進士，成為努力成才的好例子。

三更燈火五更雞，
正是男兒讀書時。

黑髮不知勤學早

白首方悔讀書遲

金句應用：

大考快到了，蒲葦老師總是在中文科下課前說：「黑髮不知勤學早，白首方悔讀書遲。各位同學，你們看看我的白頭髮就知道了。」志文同學說：「蒲老師，還有三日就要考中文，我決定立即溫書，請老師貼些題目吧！」

小馬不專業演繹：

客至

杜甫

舍南舍北皆春水，但見群鷗日日來。
花徑不曾緣客掃，蓬門今始為君開。
盤飧市遠無兼味，樽酒家貧只舊醅。
肯與鄰翁相對飲，隔籬呼取盡餘杯。

飧：音孫，熟食。　醅：音胚，可泛指酒。

老師解說：

杜甫借此詩抒發親友到家中作客的歡樂。

中年杜甫奔波勞碌，到大約五十歲，才於成都（今四川）郊區建立草堂，生活稍為安頓閒適。

環繞草堂南北方皆見溪水淙淙，一群群的鷗鳥天天來起舞，環境清幽。有一天，有位姓崔的親友到訪。杜甫既緊張又興奮，立即想到要熱情地招呼他。

真是難得一聚。家門前的小徑落花處處，久已沒因為要迎接客人而加以打掃。
實在不好意思。您難得來，本想共吃共飲好菜好酒，無奈我家離市場太遠，只能奉上粗菜淡酒。不過，酒是自家釀的，請多喝兩杯。
千萬不要客氣，來，我們喝一杯。
好極，真痛快。如果您不介意，不如叫鄰居那位老友過來一起歡聚？
當然好，快叫快叫。

金句應用：

昨天，爸爸帶了一位朋友回家，說：「花徑不曾緣客掃，蓬門今始為君開。你看我多重視你。」客人回說：「那麼，掃帚在哪裏？我幫你打掃一下。」話畢，二人又擁抱了一下，看得我一頭霧水。

小馬不專業演繹：

江南逢李龜年

杜甫

岐王宅里尋常見，崔九堂前幾度聞。
正是江南好風景，落花時節又逢君。

老師解說：

杜甫與舊友李龜年於江南重逢，因見對方生活漂泊，今不如昔，遂生感嘆。

想當年，我們都意氣風發，今日卻是另一番景象，李兄，實在令人唏噓啊！

畫面回到唐代安史之亂前。李龜年是著名的歌唱家，深得皇帝賞識，一般亦只會為達官貴人表演。那些顯赫的客戶，包括唐玄宗的弟弟（岐王）及中書令的弟弟（崔九）。

岐王宅里尋常見，崔九堂前幾度聞。

當時的杜甫還很年輕，他跟着一些前輩，有幸在洛陽聽過幾次李龜年的動聽歌聲。

安史戰亂，時移世易。李龜年獨自一人流落江南，由盛轉衰，如落花滄桑。兩人久別重逢，不勝唏噓。

正是江南好風景，落花時節又逢君。

金句應用：

蒲葦老師問文學班同學：「落花時節又逢君。人在落泊的時候，你最怕與誰重逢？」甲同學答：「初戀情人。」蒲葦笑着說：「很好，你有這方面的經驗？」甲同學說：「沒有，老師您以前說過。」

小馬不專業演繹：

春日憶李白

杜甫

白也詩無敵，飄然思不群。
清新庾開府，俊逸鮑參軍。
渭北春天樹，江東日暮雲。
何時一樽酒，重與細論文。

庾開府：指南北朝的著名詩人庾信。庾，音宇。　鮑參軍：指南北朝的著名詩人鮑照。

老師解說：
杜甫借此詩表達對李白的思念及讚美。

自天寶三年（744 年）於洛陽相逢後，李白與杜甫便建立深厚的友誼。杜甫對李白的詩推崇備至。

某個春日，杜甫再次想念這位詩壇前輩及好友。

李兄，你的詩真是無人能敵，才思與創意都是不同凡響。難得的是，你既具有庾信的清新脫俗，又有鮑照的豪邁俊逸。

白也詩無敵，飄然思不群。
清新庾開府，俊逸鮑參軍。

可惜今日我們天各一方，我在渭北對着春天的樹木，你在江東望着日暮薄雲。不知要到甚麼時候，我們才能再同桌共飲，細細探討彼此的詩作呢？

渭北春天樹，江東日暮雲。
何時一樽酒，重與細論文。

金句應用：

馬仔、蒲葦、小輝自合作「一本正經」系列後便甚少見面。今天下午，蒲葦對兩位留言說：「我們很久沒見面了，何時一樽酒，重與細論文。」結果三人終於再共聚，暢談「一本正經」的下一集。

小馬不專業演繹：

春夜喜雨

杜甫

好雨知時節，當春乃發生。
隨風潛入夜，潤物細無聲。
野徑雲俱黑，江船火獨明。
曉看紅濕處，花重錦官城。

老師解說：
詩人細緻描寫春雨的情狀，讚美春雨滋潤萬物，帶來無限生機。

公元 761 年春天，杜甫居於成都（今四川）草堂，以耕種為生，幾年間生活尚算安定。

一天晚上，綿綿的春雨彷彿明白人們的需要，來得恰到好處。春雨很溫柔，無聲無息地滋潤着萬物。當雨下得正濃之際，黑雲亦會伴隨。但見田間的小路一片昏暗，只有江邊漁船的一點漁火顯出一絲光亮，對比之下，份外明亮。

好雨知時節，當春乃發生。隨風潛入夜，潤物細無聲。

等到天亮的時候，成都經過春雨的潤澤，那潤濕的泥土、花叢上佈滿了紅色的花瓣，甚至整個錦官城（成都），也必然是一片萬紫千紅，春色無邊。

百花盛放，這都是春雨的功勞啊！

野徑雲俱黑，江船火獨明。
曉看紅濕處，花重錦官城。

金句應用：

今天是中六文學班畢業前的最後一課，同學準備了一張心意卡，由科代表送給蒲葦老師。蒲葦老師打開一看，見國明寫上「潤物細無聲」，笑着說：「國明是說我無聲無息就進入課室嗎？」國明說：「不是呢，同學都覺得你像春雨，讓我們得到滋潤，健康成長。」

小馬不專業演繹：

蜀相

杜甫

丞相祠堂何處尋，錦官城外柏森森。
映階碧草自春色，隔葉黃鸝空好音。
三顧頻煩天下計，兩朝開濟老臣心。
出師未捷身先死，長使英雄淚滿襟。

錦官城：即四川成都，蜀漢故都。　鸝：音厘。

老師解說：
詩人借遊古蹟，表達對諸葛亮的欣賞，也為其功業未成而興嘆。

好不容易，杜甫終於在成都城外，那個長滿柏樹的地方，找到他推崇備至的諸葛亮的祠堂。但見一片春色，碧草照映着台階；樹上的黃鸞婉轉低唱，在這個冷清的地方，也不過徒然而已。

杜甫想到，當年的孔明先生是何等意氣風發，劉備曾三顧茅廬，終令他答允輔佐，歷經劉備、劉禪兩朝，盡得人心。

諸葛亮晚年出師伐魏，尚未成功就病歿於五丈原軍中，令人扼腕嘆息。歷代英雄，每念及此，全都黯然淚下。

金句應用：

有一天，姊姊突然聽到爸爸大叫：「唉，出師未捷身先死，長使英雄淚滿襟。太令人失望了。」姊姊連忙問：「爸爸，發生甚麼事？」爸爸回說：「沒甚麼。我剛才在棋王網與人下中國象棋，開局很好，怎料三幾下之後，就被將軍抽車。」

小馬不專業演繹：

旅夜書懷

杜甫

細草微風岸，危檣獨夜舟。
星垂平野闊，月湧大江流。
名豈文章著，官應老病休。
飄飄何所似？天地一沙鷗。

檣：音祥，船的桅杆。

老師解說：

杜甫半生漂泊，於奔波的旅途中有所感觸，以樂景寫悲情。當時詩人已五十多歲，身體多病，抒發的情感頗見沉重。

765 年，杜甫和家人離開成都草堂，生活過得極不容易。

一個寂寞的晚上，微風吹拂着岸邊的小草，那豎着高高桅杆的小船，載着杜甫，孤獨地停泊着。此時星垂天邊，平野遼闊。月光流動，江水滾滾東流。
老了，不中用了，還是辭去參謀的職務吧。文章再好又有甚麼用呢？徒負薄名而已，這與我原來的抱負和心願相距太遠了。
細草微風岸，危檣獨夜舟。星垂平野闊，月湧大江流。
我渺小如細草，寂寞像孤舟。具體來說，我只像廣闊天地間的一隻沙鷗，漂泊無依。
名豈文章著，官應老病休。飄飄何所似？天地一沙鷗。

金句應用：

爺爺退休五年了，媽媽問他生活如何，爺爺若有所思，笑着說：「不消提了，正是飄飄何所似？天地一沙鷗。」弟弟聽到後，立即插話說：「爺爺不用怕，我陪你做沙鷗。」爺爺聽後，十分感動，並把弟弟一抱入懷，說：「我的孫真乖！」

小馬不專業演繹：

望嶽 杜甫

岱宗夫如何？齊魯青未了。
造化鍾神秀，陰陽割昏曉。
盪胸生曾雲，決眥入歸鳥。
會當凌絕頂，一覽眾山小。

嶽：音岳，此指東嶽泰山，亦即岱宗。　眥：音自，眼眶。

老師解說：

詩人描寫泰山，抒發建功立業的抱負。

杜甫寫這首詩時，年方二十四、五，雖應試落第，仍對未來的事業、人生充滿抱負，可謂雄心壯志。

岱宗夫如何？齊魯青未了。
造化鍾神秀，陰陽割昏曉。

東嶽泰山，位於山東省，高聳巍峨，山脈連綿不斷。杜甫遠赴山東探親、漫遊，到處都看到青蒼的山峰。

盪胸生曾雲，決眥入歸鳥。
會當凌絕頂，一覽眾山小。

大自然真神奇啊！竟能得見如此美景。由山之南與北，就能分隔出陽與陰、明與暗。
我一定要登上泰山的最頂峰，提升境界，然後俯視群山。

他細看天際，但見層層白雲由遠而近，心情亦不禁蕩漾。轉眼時已近黃昏，歸鳥亦要返巢。杜甫不知不覺看了這麼久，眼眶也因美景的震撼而像要裂開似的。

金句應用：

有一次，我們一家人行太平山，行至半途，媽媽說：「不如我們休息一會吧？」爸爸一邊喘氣，一邊回說：「不用休息了，會當凌絕頂，一覽眾山小。」媽媽說：「二十年前，你帶我行山，也是說這句。我看，還是先休息一會吧。」

小馬不專業演繹：

逢入京使

岑參

故園東望路漫漫，雙袖龍鍾淚不乾。
馬上相逢無紙筆，憑君傳語報平安。

老師解説：
這是一首思鄉詩。詩人離開家鄉，路上剛好遇見要回鄉的朋友，便請朋友代向家人報平安，以表思念。

準備入京（回鄉）的使者
故園東望路漫漫，雙袖龍鍾淚不乾。
真沒想到，能在路上遇到你。老鄉啊，我現在無紙無筆，有勞你回鄉後代向我妻子報個平安，就説我很好，請她不必掛念。
好的，沒問題，岑兄保重，告辭了。
馬上相逢無紙筆，憑君傳語報平安。

告別了鄉人，岑參百感交集。他今年三十四歲了，好不容易才找到一個工作機會，卻又必須離開長安，遠赴西域就職。他一路西行，想起與東面的家鄉越來越遠，不禁悲從中來，連雙袖都沾滿淚水。

「我今次一定要把握機會，幹一番事業。」岑參最後還是收起淚水。

金句應用：

上星期天，爺爺帶一位來港探親的同鄉遊覽太平山。臨別之際，他對同鄉說：「我很久沒回鄉了，憑君傳語報平安，若有親友相問，就說我們一家都很好，日後一定找機會回鄉看看。」言畢，爺爺又與鄉人擁抱了一下。

小馬不專業演繹：

楓橋夜泊

張繼

月落烏啼霜滿天，江楓漁火對愁眠。
姑蘇城外寒山寺，夜半鐘聲到客船。

老師解說：

此詩寫詩人客居在外，夜宿舟中，難以入眠的情景。

一千二百多年前，江蘇，楓橋，才子張繼，靠一個意境，流傳千古。

當時張繼坐船到外地，晚上不能航行，便停泊於楓橋附近。他睡不着，索性看看夜景。只見月已沉落，寒霜凝結，漁船燈火，岸上楓樹，寂寥之景襯托寂寥之人。他高中進士，本值得慶賀，奈何時局動盪，前景仍難樂觀。

月落烏啼霜滿天，江楓漁火對愁眠。

時到夜半，遠處的寒山寺傳來陣陣鐘聲，傳到詩人的客船，敲動寧靜，令他忽然從靜思中醒過來。一個「到」字，由遠而近，充滿動感，觸動旅客的心靈，也許可以藉此驅除雜念。

姑蘇城外寒山寺，夜半鐘聲到客船。

金句應用：

晚上，當弟弟準備入睡之際，忽然聽到姊姊在房間高聲朗誦：「月落烏啼霜滿天，江楓漁火對愁眠。」媽媽連忙敲門問她：「你沒事吧，有甚麼愁？竟然弄到失眠？」姊姊回答說：「明天要背默唐詩，真是對愁眠啊！」

小馬不專業演繹：

秋夜寄邱二十二員外

韋應物

懷君屬秋夜，散步詠涼天。
空山松子落，幽人應未眠。

邱二十二員外：於兄弟間排行二十二的邱員外。員外，普通的官職名稱。

老師解說：

詩人在秋夜想念山中修道的朋友邱丹，憑詩寄意。

韋應物所寫的「絕句」為人稱頌，這首五絕亦可稱妙絕。

一個深秋晚上，空氣清爽，詩人獨自出外散步。他興之所至，便吟詩歌詠一番。多走兩步，還可以聽見松子紛紛墜落地上的聲音。此處空曠、寧靜，真令人怡然自得。

這種閒情雅趣，正合我等優雅之人。

邱兄，你是修道的人，一定會喜歡這閒雅之境，大概也會像我一樣還沒睡吧？我正想起你呢！
懷君屬秋夜，散步詠涼天。
空山松子落，幽人應未眠。

可惜詩人當時沒有社交媒體，不能即時傳達信息。

金句應用：

四年一度的世界盃開打了，爸爸在中學同學的群組說：「凌晨三時，德國對巴西，幽人應未眠，半場時我們在群組聊天好嗎？」他的一位同學回說：「四年一度，不止未眠，應是不眠，到時再一起分析兩隊的戰術吧。」爸爸正想回話，媽媽卻瞟了他一眼。

小馬不專業演繹：

滁州西澗

韋應物

獨憐幽草澗邊生，上有黃鸝深樹鳴。
春潮帶雨晚來急，野渡無人舟自橫。

滁：音除；滁州，今安徽。

老師解說：

詩人借景抒情，描寫滁州西澗在春天傍晚的雨中景色，表達孤高自得的情懷。

獨憐幽草澗邊生，上有黃鸝深樹鳴。

韋詩人，閣下的「野渡無人舟自橫」一句，真是膾炙人口，這意境是怎樣得來的？
是這樣的。當年我擔任滁州刺史，常到城西的上馬河遊覽。春天的時候，山澗兩旁都長滿了野草，樹上則傳來黃鶯的歌聲。可惜，來這裏欣賞風景的人太少了。如果我的偶像陶淵明看到這景色，也會很喜歡吧。
傍晚，下了一場春雨，加上潮水猛漲，突然變得風高浪急。那邊有個沒人注意的渡口，有一小舟依着水流風勢，恍如橫躺。這個畫面沒人干擾，大概就是自然美吧。

春潮帶雨晚來急，野渡無人舟自橫。

金句應用：

經濟熾熱，人人爭相找尋投資機會，爸爸卻不以為然，說：「春潮帶雨晚來急，野渡無人舟自橫。還是不變應萬變，順其自然吧，我只想一家人能平平穩穩，開開心心。」姊姊說：「不投資，那就增加我們的零用錢好了。」

小馬不專業演繹：

遊子吟

孟郊

慈母手中線，遊子身上衣。
臨行密密縫，意恐遲遲歸。
誰言寸草心，報得三春暉。

老師解說：

此詩頌讚母愛。母親的照顧無微不至，孝子無論如何回報，都顯得微不足道。

若與唐代其他的著名詩人比較，孟郊無疑較為失意。

他屢試不第，直到四十六歲才得中進士。獲分配的，也不過是縣尉一類的小官。他想到大半生奔波試場，忽略了居於老家的母親，自是難過。

大約五十歲時，孟郊終於將母親接往任職之地，想到終能奉養母親，實在悲喜交集。他自比遊子，盡情傾訴對母親的感情：

慈母手中線，
遊子身上衣。
臨行密密縫，
意恐遲遲歸。
誰言寸草心，
報得三春暉。

慈祥的母親，您對我的照顧無微不至。遠行時，我能穿上溫暖的衣服，全賴您的一針一線。您的養育之恩，像陽光之於小草。今日無論我怎樣盡孝，都難以報答您的恩情。

金句應用：

弟弟的生日快到了，他問：「媽媽，您會送我甚麼禮物？」媽媽想了一會，沒有定案。此時爸爸提議說：「慈母手中線，遊子身上衣。不如織件毛衣作禮物吧。」弟弟連忙說：「這樣不好，媽媽會很辛苦的，還是買部最新出的遊戲機好了！」

小馬不專業演繹：

題都城南莊

崔護

去年今日此門中，人面桃花相映紅。
人面不知何處去，桃花依舊笑春風。

老師解說：

這故事簡稱「人面桃花」，流傳千年。詩人借此詩感嘆時光飛逝，景物依舊，但想念的人卻遍尋不遇。

才子佳人，有個浪漫的愛情故事。

有一年，崔護遠赴長安讀書，準備應考進士。有一天，他一個人到都城南面郊遊。他眼前出現一個大莊園，花木繁茂。他停留觀看，想起久沒喝水，便上前叩門，希望討些水喝。

沒想到開門的是個漂亮女子，崔才子這下一見鍾情，牙關打緊，連忙說：「因獨行太久，想……想討些水喝。」

去年今日此門中，人面桃花相映紅

「好吧。」女子答應崔護的請求。目的達成後，崔護便告辭離去，專心讀書。

過了一年，崔護應試之後，仍心繫佳人，便往同一地方，希望與對方再遇。無奈芳蹤已杳，崔護只好帶點失望地在莊門題上此詩，以表情思。（故事未完，請自行查找資料。）

人面不知何處去，桃花依舊笑春風。

金句應用：

弟弟把一張照片遞給爸爸，爸爸看到自己十八歲時的樣子，感嘆說：「唉，人面不知何處去，桃花依舊笑春風。」媽媽回說：「想不到，竟然來自同一張臉。」爸爸聽到後，似乎更加傷感了。

小馬不專業演繹：

秋思

張籍

洛陽城裏見秋風，欲作家書意萬重。
復恐匆匆說不盡，行人臨發又開封。

老師解說：
詩人敘述寫家書前後的心情，表達濃烈的鄉愁。

不好意思，我好像有些東西遺漏了，可以讓我再看一次嗎？
張籍
送信人

洛陽城裏見秋風，欲作家書意萬重。

復恐匆匆說不盡，行人臨發又開封。

他細緻地從封口取出了家書，看了一遍，沉吟一會，又拿起筆補充了幾句，這才放心把信交託對方。

張籍對家鄉的親人滿載思念，一時不知從何說起。

一年一度，最容易令人產生鄉愁的秋風，又吹到洛陽城中。遠離家鄉，久居洛陽的張籍，深深明白遊子思鄉的況味。

很快就寫好家書了，只是一直擔心沒寫盡想要說的話。

「希望家人能明白我的思念，同時好好保重身體。」這是張籍最大的心願。

金句應用：

據説爸爸以前不斷向媽媽寫情信，最後成功打動芳心。「媽媽，您最難忘的是哪一封信？」姊姊問。「復恐匆匆説不盡，行人臨發又開封。我是用真情打動媽媽的。」旁邊的爸爸搶着説。媽媽搖搖頭，説：「何必再提呢，反正都是謊言。」然後我們都笑作一團。

小馬不專業演繹：

新嫁娘詞

王建

三日入廚下，洗手作羹湯。
未諳姑食性，先遣小姑嘗。

諳：音庵，熟悉。

老師解說：

此詩描述新娘子過門後下廚的情況。她小心翼翼，希望給夫家的人留下好印象。

這首詩有點像新婚媳婦考牌，考官是丈夫的母親（婆婆），即家姑，考的是廚藝。

三日入廚下，洗手作羹湯。

根據唐代習俗，新娘子往夫家後三日（過三朝）須下廚做飯菜。聲譽重要，這位新娘子非常重視今次的考核。她首先潔淨雙手，然後弄了羹湯。

「糟糕了！我不知道婆婆的口味，怎樣才可讓婆婆更加滿意？」新婦想。

她想到一個好方法，就是找最了解婆婆口味的小姑試試羹湯的味道。

未諳姑食性，先遣小姑嘗。

新婦終於可以把菜餚呈交考官了，估計成績極有可能是五星星。

金句應用：

有一天，姊姊問：「爸爸，您以前有甚麼擇偶條件？」爸爸說：「好簡單，三日入廚下，洗手作羹湯。她的廚藝必須讓我們一家人滿意。」旁邊的媽媽忍不住問：「真的嗎？」爸爸連忙補充：「不……不止如此，最重要是美貌與智慧並重。」

小馬不專業演繹：

竹枝詞

劉禹錫

楊柳青青江水平，聞郎岸上唱歌聲。
東邊日出西邊雨，道是無晴卻有晴。

竹枝詞：古代流行於巴渝（今四川東部）一帶的民歌，參與者一邊唱歌，一邊跳舞，樂也融融。

老師解說：

詩人借竹枝詞這種民歌，即景起興，描述一位姑娘對愛情的感受。

楊柳青青江水平，聞郎岸上唱歌聲。

難道這種特別的感覺，就是愛情？
So I say I love you...

少女看看眼前的環境，確是浪漫、宜人。春色明媚，楊柳青青、江水平如鏡，加上意中人正對住自己唱情歌，景、聲、情都盡在其中。

然而，愛情的感覺卻令她撲朔迷離，情感起伏。有時快樂得像東邊日出，轉眼卻又忐忑得像下起雨來。驟晴（情）驟雨，陰晴不定，無法掌握。

詩人巧妙地運用了諧音，面對心上人，少女表面無「晴」（情），實則「晴」（情）在其中，只是不知如何表達。

他是喜歡我嗎？

東邊日出西邊雨，道是無晴卻有晴。

金句應用：

姊姊最近特別注重打扮，聊電話的時候又小心翼翼，生怕別人聽到內容。爸爸對媽媽說：「東邊日出西邊雨，道是無晴卻有晴。女兒家的心事，還是交給你好了。」媽媽說：「好吧，日後兒子的事，就拜託你了。」

小馬不專業演繹：

烏衣巷 劉禹錫

朱雀橋邊野草花　，烏衣巷口夕陽斜。
舊時王謝堂前燕　，飛入尋常百姓家。

老師解說：

詩人懷古傷今。眼前的烏衣巷破落不堪，今不如昔，令人唏噓。

朱雀橋與烏衣巷鄰近，皆為六朝時金陵（今南京）豪門貴族聚居的地方，非常有名。時移勢易，到了唐代，這一天，著名詩人劉禹錫剛好路過烏衣巷。

想不到這裏就是當年冠蓋雲集的烏衣巷、朱雀橋，如今野草叢生，開的都是不知名的野花。再看烏衣巷頹垣敗瓦，一片冷清，夕陽也好像感到不是味兒。
想當年，這裏車水馬龍，人才輩出，王導、謝安兩門大族是何等風光！他們大宅門前的燕子，如今看來只能飛入平民的家了。他們的後人，如今也只是平民百姓了。
劉禹錫低頭沉思，頗有感觸。

金句應用：

媽媽對爸爸說：「我以前家中有三個工人，我一點家務都不用做。你看我現在做到這個樣子！」爸爸說：「舊時王謝堂前燕，飛入尋常百姓家。你不要老是想以前了，嫁了我也不錯吧？」媽媽說：「同意，如果以後的家務都由你做的話。」爸爸立即不敢再說下去。

小馬不專業演繹：

大林寺桃花

白居易

人間四月芳菲盡，山寺桃花始盛開。
長恨春歸無覓處，不知轉入此中來。

芳菲，指芳香的花草。

老師解說：

詩人於初夏遊大林寺，以為春光已逝，想不到會遇上盛開的桃花，然則之前的傷春，實在不必。

白詩人，你好像在詩中與春天捉迷藏，是怎樣的一回事？
是這樣的。我中年時被貶為江州司馬，有一年初夏，我與朋友往參觀廬山大林寺，以為已經過了春天，不可能遇上美麗芳香的花草了。實在驚喜，原來春天並未消失，而是偷偷地躲在偏僻的大林寺。寺中桃花盛開，正是春光仍在的美好證據。
您這首遊記，不可能只想寫花吧？
你說得對。我想借此表示，尋尋覓覓，有時不要太早失望。四月，看似已經春去花落，但仍有些地方，春意濃濃。正如人生之得失悲喜，亦難預料。既來之，則安之吧。

金句應用：

媽媽常常埋怨爸爸不會送花，爸爸爭辯說：「人間四月芳菲盡，何況現在已是暑假，買不到最美的花，不如不買。」媽媽說：「那麼花開得最美的時候，為甚麼你又不買？」爸爸說：「最美的花都不夠你美，不如不買。」然後，媽媽再沒說甚麼了。

小馬不專業演繹：

問劉十九

白居易

綠螘新醅酒，紅泥小火爐。
晚來天欲雪，能飲一杯無？

螘：音蟻。　醅：音胚。

老師解說：
詩人邀請好友賞雪共飲，以示深厚的情誼。

天寒地凍，最宜驅寒添暖。最好的活動，就是邀約志趣相投的好友，共飲暖酒。白居易想起了劉十九，並坐言起行，邀請對方來飲一杯。

白居易正被貶江州（今江西九江），在那裏認識了好友劉十九。劉十九本名劉軻，因在家族中排行十九，故名。

不久，劉十九便坐在白居易面前。詩人準備了新釀的米酒，酒未過濾，上面便浮着一些綠色的小酒渣，像小螞蟻一樣，賣相不怎麼樣，但絕不影響味道。

旁邊有一個紅泥做的小火爐，用來溫酒，好友來訪，詩人的心頭亦一陣熱暖。

綠螘新醅酒，紅泥小火爐。　晚來天欲雪，能飲一杯無？

金句應用：

馬仔與蒲葦合作的「一本正經」系列，成為全年度最暢銷的書，二人決定要好好慶祝一下。蒲葦説：「能飲一杯無？」馬仔回説：「除了好酒，還有好菜嗎？」蒲葦正欲回答，忽然醒轉過來。原來所謂冠軍，是一場夢。

小馬不專業演繹：

賦得古原草送別

白居易

離離原上草，一歲一枯榮。
野火燒不盡，春風吹又生。
遠芳侵古道，晴翠接荒城。
又送王孫去，萋萋滿別情。

易：音「容易」的「易」。　王孫：本指貴族公子，現借指作者的友人。

老師解說：

這是一首送別友人的詩，作者借小草旺盛的生命力，表達濃厚的情懷。

十六歲的白居易遠赴長安，希望能得到前輩詩人顧況的賞識，他首先呈上這首詩。顧況知道他的姓名後，特意幽他一默：「小夥子，你叫居易，長安物價很貴，可不是那麼容易居住的。」

「顧先生，請您先看看我的詩。」白居易戰戰兢兢道。

金句應用：

爸爸和弟弟玩飛行棋，弟弟已經連勝五局。爸爸對賽果很不滿意，說：「野火燒不盡，春風吹又生。我的鬥志可是無窮無盡的，來，再來下一局。」弟弟說：「爸爸，您上一次也是這樣說。」

小馬不專業演繹：

憫農

李紳

鋤禾日當午，汗滴禾下土。
誰知盤中飧，粒粒皆辛苦？

飧：音孫，熟食。

老師解說：

憫農，顧題思義，即是同情農民。詩人描寫農民在烈日下勞動的情況，慨嘆糧食得來不易。

烈日當空，我們可以在家享受空調，農民則不然。

千百年來都沒有例外，農民在田裏工作，不斷用力鋤草、翻土。暴曬之下，豆大的汗珠，一滴滴落在種植禾苗的土地上。詩人看到這個鏡頭，亦有感而發。

我們吃的每一碗飯，甚至每一粒米，都離不開農民辛勤的汗水。作者希望我們重視農民，同時亦希望我們珍惜食物。

李紳寫了兩首「憫農」，皆簡單易明，稱美者眾，流傳亦廣。

鋤禾日當午，
汗滴禾下土。
誰知盤中飧，粒粒皆辛苦？

金句應用：

上星期天，我們一家人往吃自助餐。吃過不少食物後，姊姊仍想叫弟弟一起再去取食物，爺爺立即阻止他們，說：「誰知盤中飧，粒粒皆辛苦。大家先吃完桌上的食物，如果仍未飽，才再去取吧。」兩姊弟看看爸爸，爸爸說：「今次我支持爺爺。」

小馬不專業演繹：

江雪 柳宗元

千山鳥飛絕，萬徑人蹤滅。
孤舟蓑笠翁，獨釣寒江雪。

蓑笠：音梭粒，指用草或麻織成的斗篷、帽子。

老師解說：
詩人借描寫漁翁在雪中那獨自垂釣、不懼嚴寒的形象，暗示自己亦孤高、堅毅。

柳宗元自小聰敏，二十一歲即中進士，怎料為官之後一直被貶。他被貶永州的十年，正值人生盛年，甚為可惜。

可幸柳宗元為人樂觀，自得於山水之間，日子還能勉強過下去。

此詩那漁翁孤獨垂釣的形象，正是柳宗元的投射。暗示自己雖身處逆境，仍不失堅毅。

那天，雪下得很大，幾乎要籠罩一切，飛鳥絕跡，無人通行，荒蕪至極。不要說人，就是要找一種生物都難。此時此刻，竟然還有一位無懼嚴寒的漁翁，於小船上孤獨垂釣，怡然自得。柳宗元看見漁翁，認為這就是自己的寫照。

金句應用：

我們每次去探訪爺爺，他大都在看粵語長片，姊姊說：「爺爺，現在沒有人會看這些片了，很老套。」爺爺回說：「孤舟蓑笠翁，獨釣寒江雪。眾人皆醉我獨醒，這些片很有情味，你們實在不懂欣賞。」

小馬不專業演繹：

尋隱者不遇

賈島

松下問童子，言師採藥去。
只在此山中，雲深不知處。

老師解說：

詩人往山中探訪隱居的朋友，沒能遇見，卻從中感受到高人雅士的超脫。

隱者是指隱居山林的高人雅士。有一天，賈島特意到山中探訪這位朋友，在松樹下，詩人遇見隱士的弟子。

金句應用：

上星期天，我們一家人同行鷹巢山自然教育徑。行到半途，媽媽忽然驚叫：「我跌了一條手繩，快幫忙找找。」爸爸說：「只在此山中，雲深不知處，看來是找不到的了。」媽媽怒說：「那算吧，反正是你送的。」爸爸聽到後，立即到處尋找。

小馬不專業演繹：

山行

杜牧

遠上寒山石徑斜，白雲生處有人家。
停車坐愛楓林晚，霜葉紅於二月花。

老師解說：
詩人描述秋冬的楓葉林，比二月的春花更艷麗，藉此讚美秋景。

要形容深秋，不一定要配搭悲傷。這一次，小杜坐車行經山麓。他沿住一條彎彎曲曲的小路，一直向山上前行。不久，他抬頭一看，發現白雲飄浮的地方，剛好有幾間房舍，加上眼前的楓林晚景，確是溫馨動人。

「我不趕時間，不如把車停下，慢慢欣賞美景。」杜牧這樣想。

此時，夕陽仍有餘暉。映照之下，霜凍的楓葉一片火紅，竟然比起二月的春花還要豔麗，實在沒想到會遇到如斯美景。

本來，深秋已滿有寒意，很多花草都已凋零，但這個楓樹林，頂得住秋霜之餘，仍能展現一片紅，俗語說「紅透半邊天」，這種美態與生命力，令詩人也忍不住停下來欣賞一番。

金句應用：

爸爸常常教導我們，人生要多歷練，不怕辛苦。他說：「霜葉紅於二月花，經過寒霜磨練的楓葉林，比春天盛放的花還要吸引，這個道理，你們要記住啊！」

小馬不專業演繹：

秋夕

杜牧

銀燭秋光冷畫屏，輕羅小扇撲流螢。
天階夜色涼如水，坐看牽牛織女星。

畫：音話。

老師解說：
詩人寫一個少女於秋夕觀看牽牛星和織女星，想起牛郎織女的故事，似要表達對愛情的嚮往。

此詩另題為《七夕》，七夕即農曆七月七日，牽牛織女二星會於銀河相會，古稱牛郎織女鵲橋相會，是一則愛情典故。

天階夜色涼如水，坐看牽牛織女星。

杜牧借此發揮。一個秋晚，詩人設想皇宮中有一位孤單的宮女，正對住微弱的銀燭光。屏風的畫在燭影之下，也顯得有點幽冷。宮女好像滿懷心事，寂寞的時候，為了消磨時間，她會拿起小扇撲螢。

有時不免想到將來，她靜靜地坐着，仰望天際的牽牛、織女星，想起牛郎織女的愛情故事，心頭一陣感動。

銀燭秋光冷畫屏，輕羅小扇撲流螢。

金句應用：

今天是情人節，爸爸在街上遇到舊日文學班的同學蒲才子。爸爸問他：「情人節，有甚麼節目？」蒲才子說：「不要提了，天階夜色涼如水，坐看牽牛織女星，沒有着落。」爸爸鼓勵他說：「不要灰心，下一年你一定找到真愛，到時不用看星那麼寂寞。」

小馬不專業演繹：

清明　杜牧

清明時節雨紛紛，路上行人欲斷魂。
借問酒家何處有？牧童遙指杏花村。

老師解說：

此詩描述清明時節，細雨紛紛的清冷氣氛。

清明是中國文化二十四節氣之一，時間在農曆三月，約相當於西曆的四月五日前後，民間習俗包括掃墓和春遊踏青（親近大自然）等。

這一天，詩人遇上了一年一度的清明節，時令特徵果然明顯：細雨綿綿，下個不停，氣氛有點陰冷。路上有些人正趕往掃墓，他們的臉色有點落魄，神情亦甚為哀傷。

看到這樣的場面，詩人也受到影響，有着難以排遣的鬱結、傷感。

「還是飲一杯酒吧，暖暖肚，驅驅愁。」杜牧想到要找一處賣酒的地方。

金句應用：

今天早上，風光明媚，我們一家準備隨爸爸去掃墓。爸爸特別提醒我們：「清明時節雨紛紛。現在天朗氣清，畢竟是清明節，我們還是各帶一把縮骨傘吧。」弟弟說：「我的小背囊裝不下，雨衣就放在爸爸的背囊好了。」

小馬不專業演繹：

題烏江亭 杜牧

勝敗兵家事不期，包羞忍恥是男兒。
江東子弟多才俊，捲土重來未可知。

烏江亭：今位於安徽，相傳是項羽兵敗自刎之處。

老師解說：

詩人認為勝敗乃兵家常事，最重要是保持鬥志，百折不撓。

杜牧為官期間，路經烏江亭，有感當年項羽烏江自刎，大為惋惜，故寫下此詩表達想法。

詩人認為，戰爭的勝敗難以預料，即使是英雄，亦時有勝負。說白了，就是勝不驕敗不餒，失意時應忍辱負重，說不定日後便能反敗為勝。

此詩以項羽作反面例子。楚漢相爭之中，項羽被劉邦擊敗，走到烏江。此時亭長建議他渡江返回江東，說：「江東雖小，但才俊眾多，只要慢慢整合實力，一定有機會捲土重來。」但項羽說：「我實在愧對江東父老！」之後更選擇走上不歸路。

詩人認為項羽的抗逆力太差了，有失英雄之名，詩中亦含諷刺之意。

勝敗兵家事不期，
包羞忍恥是男兒。
江東雖小，但才俊眾多，只要慢慢整合實力，一定有機會捲土重來。
我實在愧對江東父老！
江東子弟多才俊，捲土重來未可知。

金句應用：

蒲葦老師是中五丁的班主任。上星期二中午，他看了中五丁與中五乙的班際足球大賽，賽果是 0 ： 6，分組賽先輸一場。當日下午有中文課，全班鴉雀無聲，灰心喪志。蒲葦老師大聲說：「五丁子弟多才俊，捲土重來未可知。下一場若能取勝，我請同學吃東西。」語畢，整個課室歡呼起來。

小馬不專業演繹：

登樂遊原

李商隱

向晚意不適，驅車登古原。
夕陽無限好，只是近黃昏。

老師解說：
夕陽雖美，卻暗示黃昏將至，作者借此景自傷年紀老大。

樂遊原，是唐代長安城附近的名勝，地勢很高，遊人喜歡到此登高望遠。李商隱曾多次登上樂遊原。

這一次，時近傍晚，李商隱的心情有點鬱悶，希望藉登古原以排遣愁懷。

他看到的景致美不勝收，夕陽漸落，仍有餘暉。他心想：「可惜啊！黃昏到了，美景當前，卻又快將消逝，實在令人感嘆！」

一般人欣賞美景，心情自然會感到愉快。然而，李商隱卻受到心情的影響，認為再美的美景都會消失，理解略傾向負面。

作者融情入景，具體呈現其愁懷之難以消解。

金句應用：

昨晚，我們一家為爺爺慶祝八十三歲生日，怎料爺爺卻像有些心事，他說：「老了，不中用了。夕陽無限好，只是近黃昏。」弟弟說：「爺爺，明天早上，還是會有太陽的。」爺爺說：「對，你真乖。明天太陽依然高照。」然後，爺爺和我們一起高唱生日歌。

小馬不專業演繹：

夜雨寄北

李商隱

君問歸期未有期，巴山夜雨漲秋池。
何當共剪西窗燭，卻話巴山夜雨時。

老師解說：

這是詩人寄給妻子的情書，藉以表達思念。

此詩另題為「夜雨寄內」。「內」，即「內人」，指妻子。巴山在今四川南江縣，李商隱的妻子則在河南家鄉（四川北面），故亦作「寄北」。

詩句像夫妻之間的問答。「你甚麼時候回家？」妻問。

「歸期未定。我身處巴蜀之地，秋雨不斷，池塘的水都漲滿了。我很想早些回家，不知要到甚麼時候，我們才能夠相聚？並在一個晚上，浪漫地對燭而坐，跟您細訴別離的思念，說說此刻巴山下着夜雨的情景。」李商隱說。

經後人研究，有人說此詩寫給李太，亦有人說是寫給朋友，從寬鬆的角度看，似皆可接受。總之是寫給感情深厚的人，準沒錯。

君問歸期未有期，巴山夜雨漲秋池。
何當共剪西窗燭，卻話巴山夜雨時。

金句應用：

幾年前，爸爸往外地進修，才三兩天，媽媽便不耐煩追問他甚麼時候回來。爸爸說：「君問歸期未有期，巴山夜雨漲秋池。我對您的思念就像此刻的雨水，無窮無盡。」不知為甚麼，媽媽的怒火也像被雨水淋熄了。

小馬不專業演繹：

嫦娥

李商隱

雲母屏風燭影深，長河漸落曉星沉。
嫦娥應悔偷靈藥，碧海青天夜夜心。

老師解說：
此詩借詠嫦娥寄託詩人的孤清、寂寞。

「李詩人，聽聞你對嫦娥有特別的看法，可以談一談嗎？」記者問。

「可以的。相傳嫦娥是居於月宮的仙女，據說她本來是后羿的妻子，因偷吃西王母娘送給后羿的不死藥，輾轉飛奔月宮。從此，她年年月月都要與寂寞為伴。別以為她住這麼大的地方就值得羨慕，面對大海青天，愁懷如何排遣？我認為她應該會感到後悔吧！」李詩人說。

金句應用：

弟弟指着天邊的月亮説：「看，今晚的月亮好圓啊！」爸爸有感而發：「嫦娥應悔偷靈藥，碧海青天夜夜心。」媽媽忍不住説：「弟弟今年才小一，怎會明白你説甚麼呢，大詩人！」姊姊説：「媽媽，你可以解一解？」媽媽説：「我們還是一起用心感受吧！」

小馬不專業演繹：

貧女

秦韜玉

蓬門未識綺羅香，擬託良媒益自傷。
誰愛風流高格調，共憐時世儉梳妝。
敢將十指誇鍼巧，不把雙眉鬥畫長。
苦恨年年壓金線，為他人作嫁衣裳。

蓬門：用蓬茅做的門，借指窮人家。　鍼：同「針」。

老師解說：

詩人借貧女的獨白，表達「為他人作嫁衣裳」的無奈，有懷才不遇之嘆。

到底甚麼時候才會出現真正欣賞我的人？我每一年都努力刺繡，但所做的嫁衣，都是別人的！
蓬門未識綺羅香，擬託良媒益自傷。誰愛風流高格調，共憐時世儉梳妝。
多謝詩人願意聽我的故事。我出身貧苦家庭，從沒穿過華麗的衣裳。曾為親事多次拜託媒人，可惜全是徒勞。我勤勞節儉，甚少化濃妝，可惜社會追求的是新潮浮誇。其實我有一雙巧手，能做出美麗的衣裳。但很無奈，一年復一年，我一直只能為別人做嫁衣，自己卻嫁杳無期。
我幫你寫首詩，看看會不會出現欣賞你的人。
敢將十指誇鍼巧，不把雙眉鬥畫長。苦恨年年壓金線，為他人作嫁衣裳。

金句應用：

爸爸對姊姊和弟弟說：「以前在足球場，我是中場指揮官，專為他人作嫁衣裳，不少前鋒都是靠我的妙傳才取得入球，可惜觀眾只重視入球者。」兩姊弟看着爸爸凸出的肚子，齊聲說：「真想不到呢！」

小馬不專業演繹：

書　　名　一本正經學唐詩
作　　者　馬仔　蒲葦
責任編輯　郭坤輝
美術編輯　蔡學彰
出　　版　小天地出版社（天地圖書附屬公司）
香港黃竹坑道46號新興工業大廈11樓（總寫字樓）
電話：2528 3671　傳真：2865 2609
香港灣仔莊士敦道30號地庫（門市部）
電話：2865 0708　傳真：2861 1541
印　　刷　亨泰印刷有限公司
柴灣利眾街德景工業大廈10字樓
電話：2896 3687　傳真：2558 1902
發　　行　聯合新零售（香港）有限公司
香港新界荃灣德士古道220-248號荃灣工業中心16樓
電話：2150 2100　傳真：2407 3062
出版日期　2024年7月初版・香港

ISBN：978-988-70020-7-9